Gilles Gauthier

Le gros problème du petit Marcus

Illustrations
de Pierre-André Derome

D0837322

la courte échelle
Les éditions de la courte échelle inc.

Les éditions de la courte échelle inc.
5243, boul. Saint-Laurent
Montréal (Québec) H2T 1S4

Conception graphique:
Derome design inc.

Révision des textes:
Odette Lord

Dépôt légal, 2e trimestre 1992
Bibliothèque nationale du Québec

Données de catalogage avant publication (Canada)

Gauthier, Gilles, 1943-

    Le gros problème du petit Marcus

    (Premier Roman; PR 25)

    ISBN: 2-89021-178-9

    I. Derome, Pierre-André, 1952- II. Titre. III. Collection.

PS8563.A858G76 1992   jC843'.54   C92-096060-X
PS9563.A858G76 1992
PZ23.G38Gr 1992

Gilles Gauthier

Né en 1943, Gilles Gauthier a d'abord écrit du théâtre pour enfants: *On n'est pas des enfants d'école,* en 1979, avec le Théâtre de la Marmaille, *Je suis un ours!*, en 1982, d'après un album de Jörg Muller et Jörg Steiner, *Comment devenir parfait en trois jours,* en 1986, d'après une histoire de Stephen Manes. Ses pièces ont été présentées dans de nombreux festivals internationaux (Toronto, Lyon, Bruxelles, Berlin, Londres) et ont été traduites en langue anglaise.

Son roman *Ne touchez pas à ma Babouche* a reçu, en 1989, un prix d'excellence de l'Association des consommateurs du Québec et le prix Alvine-Bélisle qui couronne le meilleur livre jeunesse de l'année. Plusieurs de ses titres ont aussi été traduits en espagnol, en anglais et en grec.

Il prépare d'autres romans pour les jeunes, de même que des contes et une série de dessins animés pour Radio-Québec. *Le gros problème du petit Marcus* est le septième roman qu'il publie à la courte échelle.

Pierre-André Derome

Pierre-André Derome est né en 1952. Après ses études en design graphique, il a travaillé quelques années à l'ONF où il a conçu plusieurs affiches de films et illustré le diaporama *La chasse-galerie.* Par la suite, il a été directeur artistique pour une maison de graphisme publicitaire.

Depuis 1985, il collabore étroitement avec la courte échelle, puisque c'est son bureau, Derome design, qui signe la conception graphique des produits de la maison d'édition.

Le gros problème du petit Marcus est le sixième roman qu'il illustre. Et ce n'est sûrement pas le dernier.

Du même auteur, à la courte échelle

Collection Premier Roman

Série Babouche:
Ne touchez pas à ma Babouche
Babouche est jalouse
Sauvez ma Babouche!
Ma Babouche pour toujours

Série Marcus:
Marcus la Puce à l'école

Collection Roman Jeunesse

Série Edgar:
Edgar le bizarre

Gilles Gauthier

Le gros problème du petit Marcus

Illustrations
de Pierre-André Derome

la courte échelle

1
Le triomphe d'une Puce

Cache-toi, Mordicus, et arrête de bouger. Il ne faut pas que le directeur t'aperçoive.

Les cochons d'Inde n'ont pas le droit de venir dans le gymnase. Si je t'ai emmené, c'est pour Marcus. Pour que tu le voies jouer dans sa pièce de théâtre.

Alors, tiens-toi tranquille et tâche de comprendre.

Non! Tu te sortiras la tête quand je te le dirai. Pas avant.

Marcus doit être nerveux. J'espère qu'il ne paniquera pas comme dans ses examens!

Le roi vient de se rasseoir sur son trône. Personne n'a réussi à le faire rire. C'est au tour de Marcus de venir faire le bouffon. Tu peux regarder, Mordicus.

Mais non! Pas par là. Là-bas. Sur la scène. En avant. C'est ça.

Et ôte ces poils-là devant tes yeux si tu veux voir quelque chose!

Tiens! Le vois-tu? Mais oui, c'est lui. C'est Marcus, mais il est déguisé. Il entre à reculons.

Regarde-le donc aller. On dirait qu'il marche sur des ressorts. Il a juste fait trois pas et toute l'école rit déjà.

Marcus est devant le roi. Vois-tu l'espèce de salut qu'il est en train de faire? Il a la face qui grimace entre ses deux jambes.

Le monde se tord dans la

salle. Les parents ont l'air de trouver ça drôle. Marcus doit être content.

Et hop! Voilà mon fou assis

sur les genoux du roi. Alexandre a de la misère à garder son sérieux. C'est lui qui fait le roi, mais il ne devait pas rire si tôt.

Alexandre n'est pas capable de se retenir. J'ai l'impression que la pièce va être courte.

As-tu vu, Mordicus? Marcus vient de tomber en bas du trône. Mais non, ne t'énerve pas. Marcus l'a répétée cinq cents fois, cette pirouette-là.

Maintenant, il fait semblant de s'être fait mal. Il se tient les fesses à deux mains.

La Puce réussit à faire rire tout le monde. Même Henriette, que Marcus a tant fait enrager quand elle lui enseignait.

Écoute. Écoute. Ça, c'est Roger, le directeur de l'école. Il rit comme un père Noël depuis

tout à l'heure. Tout le gymnase résonne avec l'écho.

La pièce est finie. Le «roi» Alexandre rit tellement qu'il en pleure. Lui et Marcus s'avancent pour saluer.

Entends-tu ça, Mordicus? Moi, je n'ai jamais entendu des applaudissements forts comme ça dans l'école. Marcus a la bouche fendue jusqu'aux oreilles. Il doit être fier de lui.

Je suis tellement contente,

Mordicus. Il faut que je t'embrasse. Je suis tellement heureuse pour Marcus.

Mais non! N'aie pas peur! Même si Roger te voit, il ne dira rien. Il sait que Marcus et moi, on s'occupe de toi. Il va comprendre que tu aies voulu rire un petit peu, toi aussi.

En tout cas, mon Mordicus, je peux te dire une chose: aujourd'hui, le meilleur de l'école, c'est notre ami Marcus la Puce. Personne d'autre!

2
L'absent

Marcus s'en vient. Il a les yeux qui brillent comme deux soleils. Je vais lui montrer que tu es avec moi, Mordicus. Ça va lui faire plaisir.

— Regarde, Marcus, Mordicus a tout vu. Il a ri tout le temps que tu as été sur la scène.

— C'est vrai, ça, Mordicus? Pour moi, Jenny me conte des peurs!

— Je te le jure, Marcus. Il te regardait avec des grands yeux. Il suivait tout.

— N'exagère pas quand même! Si ça continue, je vais

penser que tu es aussi menteuse
que moi.

— Je te le jure, Marcus! Mordicus a adoré ça. Et moi aussi.
Je t'ai trouvé super.

— J'ai l'impression que ça
n'a pas trop mal marché.

— Si tu ne t'étais pas arrêté,
je pense que tout le monde serait
mort de rire à l'heure qu'il est.

— Tu en mets un petit peu, il me semble.. Mais... as-tu vu mes parents dans la salle?

— Je ne sais pas, je ne les connais pas.

— C'est bien vrai. Tu ne les as jamais vus. Il faut que je te laisse. Ils doivent m'attendre.

— Je comprends! Va les retrouver au plus vite. Moi et Mordicus, on va avoir le temps de te reparler de la pièce cette semaine. Dépêche-toi. Tes parents doivent avoir hâte de te voir.

— À demain.

— C'est ça. Et félicitations encore une fois, Marcus. Tu es un bouffon extraordinaire!

— Merci, Jenny.

Marcus vient de partir. Il ne touche plus à terre tellement il est content. Tout le monde le félicite.

Ça fait deux minutes que Marcus se promène dans les allées. Il est si petit qu'il doit avoir de la difficulté à voir ses parents à travers tout ce monde-là.

Bon, ça y est! Il vient de les apercevoir, je suppose. Il se dirige à toute vitesse vers le bout d'une rangée.

Il s'est arrêté devant une femme qui lui sourit. Ce doit être sa mère.

Mais voyons! Qu'est-ce qui se passe? Marcus vient de reculer. Et sa mère a cessé de sourire tout à coup.

Elle essaie de s'approcher, mais Marcus recule toujours. Je sens qu'il y a encore quelque chose qui ne va pas.

Marcus s'est retourné. Il revient par ici. Sa mère essaie de le suivre, mais elle a du mal à passer entre les rangées. C'est elle qui l'appelle.

— Marcus... Voyons... Viens ici... Marcus...

Marcus ne rit plus du tout. Il a sa figure de quand ça va très mal. Il s'en vient vers moi.

— Il m'avait promis. Il m'avait promis, et j'ai encore tout fait ça pour rien.

Marcus avait les dents serrées en me parlant. Il avait la voix brisée. Il vient de sortir de la salle. Sa mère court encore après lui.

Je pense que le père de Marcus n'est pas venu le voir jouer.

3
Le gros roi

— Vite, Jenny, debout, tu vas être en retard à l'école.

— Oui, oui, maman. J'arrive.

Je suis tellement fatiguée! J'ai l'impression d'avoir dormi accrochée sur la corde à linge, comme dit papa. C'est comme si j'avais des bleus partout.

Je viens de passer une nuit horrible. Trois heures pour m'endormir. Dix minutes de sommeil. Puis le pire cauchemar que j'aie fait de ma vie. Je me sens encore toute mal quand j'y pense.

Je suis dans le gymnase de l'école. La salle est pleine de

gens qui bougent et qui se parlent. Mais moi, je n'entends rien. On dirait que je suis sourde.

Sur la scène, il y a un trône comme hier soir, mais il est immense. Dix fois plus gros que celui de la vraie pièce.

Sur le trône, un roi énorme. Il a un masque épeurant à la place du visage et des bras gros comme des arbres.

Marcus apparaît. Il me semble encore plus petit que d'habitude à côté du roi. Il reste figé en l'apercevant.

Marcus est mal à l'aise, hésite, recule. Puis il se met finalement à faire ses folies.

Aussitôt, les bouches de toutes les personnes dans la salle s'ouvrent en même temps. D'un seul coup. Sans bruit.

Tout le monde rit en silence.

Tout le monde rit, sauf le gros roi.

Plus Marcus se démène, plus le gros roi semble fâché. Non seulement il ne rit pas, mais les sourcils de son masque se touchent presque tellement il a l'air menaçant.

Marcus panique. Il ne sait plus quelles pirouettes inventer. Soudain, il se tourne vers moi et se met à crier de toutes ses forces.

Je vois qu'il crie, mais je n'entends rien. Je veux me lever, mais je suis clouée sur ma chaise. Complètement paralysée.

Tous les visages autour de moi ont la bouche grande ouverte et rient. Le roi fait peur à voir. Et Marcus a maintenant la

même figure qu'hier soir quand il a quitté le gymnase.

Comme si quelqu'un lui tordait le coeur en dedans.

À ce moment-là, je me suis réveillée, toute en sueur. Et je n'ai plus fermé l'oeil de la nuit. Chaque fois que je baissais les paupières, la figure de Marcus revenait. Avec celle du gros roi.

Je n'ai jamais vu le père de Marcus. Marcus n'invite personne chez lui. Même pas moi, Jenny, sa meilleure amie.

Quand on joue ensemble, c'est toujours au parc ou près de chez moi. Pas chez la Puce.

Marcus dit que c'est trop petit dans sa maison, qu'on n'aurait pas de place pour jouer. Il dit aussi que sa mère est malade, qu'elle n'aime pas le bruit.

Marcus raconte des tas d'histoires, mais moi, je sais qu'elles ne sont pas toujours vraies. Parfois, avec Marcus, il faut lire entre les lignes.

La Puce a déjà reçu des bonnes volées de son père. Marcus m'en a parlé quand il s'est fait prendre à piquer des carottes à

l'épicerie pour nourrir Mordicus. Je me rappelle même l'avoir
entendu dire cette fois-là que
son père avait des gros bras.

Je pense que je sais pourquoi
Marcus avait autant de peine
hier quand il a vu que son père
n'était pas dans la salle.

Le «roi» qu'il voulait faire
rire, ce n'était pas Alexandre.
C'était un «roi» pas mal plus
sévère, d'après moi.

Un «roi» que la Puce ne doit
pas faire rire souvent avec les
notes qu'il rapporte à la maison.

4
Un bouffon pleure

Je n'ai jamais vu de ma vie quelqu'un pleurer comme ça. Marcus est assis près de la cage de Mordicus et il sanglote depuis un bon dix minutes. J'ai essayé de lui parler, de savoir ce qui se passe, mais il est incapable de dire un mot.

Heureusement qu'il y a seulement nous et Antoine, le concierge, dans l'école.

J'avais tellement hâte que la journée finisse. J'étais tellement loin d'Henriette et de ses problèmes de maths.

Tout ce que je voulais, c'était

de revoir enfin Marcus.

Dès que la dernière cloche a sonné, j'ai couru vers la porte de la classe de Marcus pour être sûre de ne pas le manquer.

Marcus est sorti et il m'a aperçue. Il a baissé la tête et il a foncé vers la classe où on s'occupe tous les deux de Mordicus. Quand je l'ai rejoint, Marcus était de dos dans un coin et pleurait.

Je dis «pleurait», mais c'étaient loin d'être des larmes ordinaires. C'étaient des gros sanglots qui ne s'arrêtaient jamais. Comme les larmes d'un enfant qui pense qu'il est perdu.

Marcus est encore dans son coin, mais il pleure déjà moins. Ses épaules bougent moins souvent.

Il respire par secousses. Il cherche à reprendre son souffle. Il doit avoir le coeur vidé.

Je voudrais tellement qu'il me parle, qu'il m'explique ce qui ne va pas. Je me sens tellement inutile depuis dix minutes.

Il vient de lever la tête en poussant un grand soupir. Il respire plus régulièrement. J'ai l'impression qu'il va parler, qu'il cherche ses mots.

— ... Jure-moi...

Marcus a des larmes plein la gorge. Il faut que je l'aide.

— Prends ton temps, Marcus. Ce n'est pas grave si...

— ... Jure-moi... que tu ne diras jamais rien à...

— Je te le jure, Marcus!

— ... à personne...

— Je te le jure, Marcus. Tu

peux avoir confiance. Je vais tout garder pour moi.

— C'est... important que tu...

— Je te le jure. Sur la tête de Mordicus. Je ne dirai rien.

— ... Personne ne le sait... Il va y avoir juste toi...

— N'aie pas peur, Marcus. Tu peux parler.

— ... Si... si je pleure, c'est... c'est à cause de mon père...

— Parce qu'il n'est pas venu à l'école hier et que tu voulais...

Marcus m'a fait signe que non. Il a respiré très fort. Puis il a laissé tomber d'un seul coup, comme pour se défaire d'un poids énorme:

— Mon père est toujours soûl...

Marcus s'est remis à pleurer. Il faut que je m'approche.

— Je vais t'aider, moi, Marcus. Je ne sais pas encore comment, mais je vais t'aider. Tu vas voir.

Marcus s'est retourné. Il a les yeux tout rouges, tout boursouflés. Son nez coule, mais il a comme un petit sourire au milieu de ses larmes.

— Viens, Marcus. Viens voir Mordicus avec moi. Ça va te faire du bien.

Marcus m'a suivie. J'ai mis mon bras autour de son épaule et j'ai placé ma figure contre la sienne. Sa figure était brûlante.

Tous les deux, on est restés longtemps comme ça. En silence. À regarder Mordicus se promener dans sa cage.

Longtemps. Sans rien dire.

Mais dans ma tête, il y avait

toutes sortes d'images qui passaient à toute vitesse. Et dans mon coeur, toutes sortes d'émotions.

De la peine. Beaucoup de peine. Mêlée à des petits bouts de bonheur de temps en temps.

J'étais triste. Je n'avais aucune idée de ce que je pouvais faire pour Marcus. Mais en même temps, je me trouvais chanceuse d'être là. Auprès de Marcus qui était si malheureux.

Je regardais Mordicus dans sa cage. Et je me disais en moi-même: «Il n'y a pas seulement les cochons d'Inde qui ont besoin de caresses dans la vie.»

Et doucement, doucement, je caressais les cheveux de Marcus qui maintenant ne pleurait plus.

5
Le vrai cauchemar

Marcus parle sans arrêt depuis cinq minutes. Lui qui n'est pas le plus jasant d'habitude. Aujourd'hui, il en a long à dire.

«Toi, Jenny, tu te plains parce que ton père n'est jamais à la maison. Mais moi, c'est seulement quand il n'est pas là que je suis tranquille. Et encore... Je ne sais jamais dans quel état il va rentrer. Quand il rentre...

«Il y a des soirs où il a du mal à se rendre tout seul jusqu'à son lit. Maman doit l'aider à se déshabiller. D'autres fois, je ne sais pas ce qu'il a bu, mais on dirait qu'il a un diable dans le corps. Il parle fort, il raconte n'importe quoi. Il me fait peur.

«Ma mère essaie de le raisonner, mais ce n'est pas facile. Ça doit faire cent fois que j'entends maman lui répéter:

«— On ne peut pas continuer comme ça. Il faut que tu te fasses soigner. Tu es malade.

«Tu devrais voir la face de mon père quand elle lui dit ça. Il se fâche, il devient tout rouge et il lui répond:

«— C'est toi qui devrais aller voir un docteur! C'est toi, la malade! Occupe-toi donc de Marcus à la place. Ça va être plus profitable.

«Mon père parle souvent de moi quand il est soûl. Je fais partie des raisons qui le font boire, il paraît. Moi, ma mère, son patron. C'est toujours la faute des autres s'il boit.

«Tu ne peux pas savoir, Jenny, comme j'aimerais ça être bon comme toi à l'école! Juste pour voir si ça changerait quelque chose. Même si je me doute que ça ne serait pas le cas.

«Depuis que je suis dans la classe de Johanne, je me force. J'ai eu des meilleures notes. Mon père ne s'en est même pas aperçu.»

Marcus a prononcé sa dernière phrase à voix basse. Il a l'air terriblement déçu.

— Est-ce que Johanne l'a déjà rencontré, ton père?

— Es-tu folle, toi! Je pense que mon père n'a jamais mis les pieds dans une école. Et ce n'est certainement pas moi qui vais parler de lui à Johanne!

— Tu devrais peut-être. Elle t'aime bien, Johanne.

— Ce n'est pas un problème de maths qu'il a, mon père! C'est mieux que personne ne sache rien.

— Je ne suis pas sûre de ça, moi.

— C'est parce que tu n'es pas à ma place. S'ils apprennent à l'école que mon père boit, ils vont penser que c'est un bon à rien. Et ils vont se dire que c'est pour ça que, moi aussi, je suis un bon à rien à l'école.

— Voyons, Marcus, ils sont plus intelligents que ça! Moi, je suis certaine qu'ils essaieraient de t'aider encore plus.

— Ils ne peuvent quand même pas me changer de père.

— Non, mais ils pourraient peut-être faire quelque chose pour lui.

— Mon père ne veut rien savoir de personne. Il refuse de se faire aider.

Marcus s'est tu un moment. J'ai vu des larmes qui montaient dans ses yeux. Il a baissé la tête avant de continuer.

— Ça arrive des fois que mon père en a assez et qu'il décide de s'arrêter. Surtout après des grosses chicanes. Il jure qu'il ne touchera plus à une bouteille de sa vie. Il le jure sur la tête de sa mère.

Marcus a du mal à parler. Il se retient pour ne pas pleurer.

— Les premiers jours, on ne le reconnaît plus. Mon père fait le bouffon comme moi, il fait rire tout le monde. C'est un autre homme. Et moi et maman, on espère... Les jours suivants sont déjà moins drôles. On sent qu'il commence à trouver le temps long. Il s'écrase sur une chaise et il jongle.

— Ton père sait jongler?

— Non. Je veux dire qu'il pense. Il réfléchit. Il peut rester des heures sans bouger le petit doigt, l'air triste, les yeux dans le vague. Moi et maman, on sait

ce que ça annonce.

— Peut-être qu'il cherche une solution dans ces moments-là? C'est peut-être à ça qu'il jongle?

— Au bout d'une semaine, sa solution, il l'a trouvée. Au fond d'une bouteille...

Marcus a levé la tête. Il me regarde, les yeux mouillés, mais on dirait qu'il ne me voit pas.

— Si mon père continue comme ça, un de ces jours, c'est une Puce qu'il ne réussira plus à trouver...

6
L'«accident»

Marcus n'est pas à l'école ce matin. La secrétaire a téléphoné chez lui, mais ça ne répond pas. Je n'aime pas ça du tout. Surtout après ce que Marcus m'a dit la dernière fois.

Maintenant, j'ai un peu peur quand je le vois partir de l'école. Et je n'ai toujours pas trouvé comment je pourrais l'aider.

J'ai juré à Marcus de ne rien dire. Et même si je pouvais, à qui je parlerais? À ma mère? À mon père? Je n'ai pas l'impression que ce serait une bonne idée. Mes parents ne seraient pas heureux d'apprendre que j'ai Marcus comme ami.

Un gars qui double son année, qui s'est déjà fait prendre à voler... Et qui a un père qui boit en plus. Pas question que je parle de Marcus à la maison.

Et Marcus ne veut rien dire à l'école. Il a peut-être raison. Moi non plus, je ne suis pas sûre de ce que ça donnerait.

Mais pour le moment, il faut que je sache pourquoi Marcus n'est pas là aujourd'hui. Il faut que je voie Johanne. Elle a peut-être eu des nouvelles.

— Johanne... Johanne...

— Jenny!... Je te cherchais justement. Viens, on va aller dans ma classe.

— Johanne, sais-tu pourquoi Marcus...?

— C'est de lui que je veux te parler.

Johanne a l'air sérieuse. Il est arrivé quelque chose à Marcus. Pourvu que...

— Si je te mets au courant avant les autres, c'est que je sais que Marcus est ton ami...

— Qu'est-ce qui se passe? Pourquoi Marcus n'est pas...?

— Il ne faut pas t'énerver, Jenny, Marcus va bien. Seulement... il a eu un accident.

— Un accident?

— Un accident de voiture. Avec son père.

— Avec son père!

— Mais ce n'est pas trop grave. Marcus a un bras cassé.

— Un bras cassé...

— On lui fait un plâtre à l'hôpital. Il va pouvoir revenir à l'école dans quelques jours.

— ... Et son père, lui?

— Son père va être hospitalisé plus longtemps, mais sa vie n'est pas en danger.

— Est-ce que je pourrais téléphoner à Marcus à l'hôpital?

— Marcus aimerait mieux que tu attendes. Il préfère te parler directement quand il va revenir.

— C'est lui qui t'a dit ça?

— Tu sais, Jenny, tu occupes une grosse place dans le coeur de Marcus. Tu joues un rôle très important. Marcus n'a pas beaucoup d'amis.

Je ne sais plus quoi faire. Je suis là, figée devant Johanne, et je ne peux rien lui dire.

Même si Marcus est à l'hôpital, même s'il a un bras cassé, je ne peux pas expliquer à Johanne que le père de Marcus... Je n'ai pas le droit. J'ai juré. Et pourtant...

— Marcus est chanceux

d'avoir une amie comme toi.

C'est Johanne qui vient de parler.

— Euh... Oui... Mais... Moi aussi, je suis chanceuse... d'avoir Marcus.

Johanne a souri. Elle n'a pas l'air de comprendre tout à fait.

Pourtant, moi, je sais ce que je dis. Si je perdais Marcus, moi aussi j'aurais quelque chose de cassé en dedans. Ça ne se verrait peut-être pas, mais ce serait là quand même.

Et ce n'est pas facile de mettre un plâtre sur un coeur!

7
Le bras vedette

Mordicus et moi, on commence à trouver le temps long. Marcus m'a dit de venir l'attendre dans la classe des animaux. Je ne sais pas ce qu'il fait.

Depuis qu'il est revenu à l'école ce matin, je n'ai pas pu le voir deux minutes. Il est comme une vedette de hockey. Tout le monde veut signer son nom sur le plâtre de Marcus.

À toutes les récréations, Marcus les laisse faire. Bientôt, il n'y aura plus de place nulle part. Son bras a déjà l'air d'un bottin de téléphone.

Enfin! Le voilà qui arrive. On dirait qu'il est gêné. Pourtant, ce n'est pas son genre.

— Et puis, comment tu trouves ça, avoir juste un bras?

— Je trouve ça parfait. Je ne peux pas écrire, alors je n'ai pas de devoirs à faire.

Marcus n'était pas très convaincant. On aurait dit qu'il parlait pour parler. Il vient de s'approcher de la cage de Mordicus. Il essaie d'attraper le cochon avec sa main gauche.

— Ça va mal, avec juste un bras. Surtout quand c'est le bras principal qui manque.

— Je vais me débrouiller. Tu vas voir. De toute façon, je n'ai pas le choix.

Il a fini par attraper Mordicus qui se promène sur son plâtre maintenant. Il ne faudrait pas que le cochon se retrouve par terre. Une Puce dans le plâtre, c'est assez!

— Attention, Marcus! Mordicus pourrait se faire mal si...

— N'aie pas peur, je le guette.

— Oui, mais avec une seule main...

— Je le surveille. Il n'y a pas de danger.

— Regarde. On dirait qu'il est en train de lire les noms sur ton bras... Tu aimerais ça que je signe mon nom, moi aussi?

Marcus a eu un sourire gêné.

— J'ai préparé une place. Juste pour toi.

Il a relevé un peu sa manche, et j'ai aperçu un gros coeur rouge sur le plâtre. Il y avait «Marcus» écrit dedans.

— J'aimerais ça que tu signes ton nom en dessous du mien.

Je ne sais pas quel air j'avais, mais mes jambes m'ont presque lâchée. J'ai eu un grand frisson partout, et ça m'a pris quelques secondes à me remettre d'aplomb.

Marcus est soudainement devenu moins sûr de lui.

— Tu ne veux pas?

Je suis revenue sur la terre d'un coup sec en l'entendant.

— Bien sûr que oui, maudit fou!

Je me suis dépêchée de sortir un stylo de mon sac d'école et je me suis approchée du coeur sur le bras de Marcus.

Ma main tremblait. J'avais l'impression de voir le coeur battre sur le plâtre. Mais je pense que c'est plutôt le mien qui me battait dans tout le corps.

J'ai eu toutes les misères du monde à écrire mon nom comme il faut. «Jenny», ce n'est pourtant pas compliqué. Je l'ai déjà écrit à peu près cent mille fois depuis que je suis née.

Mais jamais sur un plâtre, par exemple.

Et jamais dans un coeur en dessous du nom de Marcus.

8
L'invitation-surprise

Vous ne devinerez jamais où je suis. Je suis dans la cour arrière chez Marcus. Il est entré chercher la limonade que sa mère nous a préparée.

C'est vrai que ce n'est pas grand chez la Puce. Tout est petit. Et c'est vieux aussi. Ça n'a rien à voir avec chez nous.

Mais c'est joli quand même. Et surtout, c'est chez Marcus.

Je n'en suis pas revenue quand la Puce m'a dit tout à l'heure à l'école:

— Ça te tenterait de venir faire un tour chez nous? Ma

mère est d'accord.

J'avais l'impression d'avoir mal entendu, que mes oreilles avaient dû se tromper.

— Oui mais ta mère est malade. Elle n'aime pas le bruit.

Marcus a souri.

— Si tu savais comme c'est tranquille chez nous, ces temps-ci. Ma mère va beaucoup mieux.

Là, j'ai compris! C'est parce que son père est encore à l'hôpital que Marcus m'a invitée. Et il m'a aussi parlé de son fameux accident.

C'est à cause de son père si c'est arrivé. Il avait encore bu. Il n'a pas pu éviter une auto qui a tourné devant lui.

Le père de Marcus en a pour au moins un mois à l'hôpital. Il a une hanche cassée, des côtes fêlées... Sa mère va le voir tous les jours.

Il me semble que la mère de Marcus est vieille pour être sa mère. Je l'ai vue de près tout à l'heure. Elle a beaucoup de rides et de cheveux blancs.

Mais elle a l'air gentille.

— Limonade. Un dollar... Limonade...

Bon! Voilà mon serveur à un bras qui arrive. Pourvu qu'il ne s'enfarge pas dans l'escalier. Il ne voulait absolument pas que je l'aide.

— Une limonade, mademoiselle?

— Avec plaisir, monsieur.

— Goûtes-y! Tu vas voir. Elle est extraordinaire, la limonade de ma mère.

J'étais certaine que la Puce

exagérait encore, mais je dois avouer que ce n'est pas le cas. Marcus a raison. Je n'ai jamais bu une limonade comme ça!

On dirait qu'elle nous fait du bien en dedans, cette limonade-là! Une vraie potion magique!

9
Un grand jour

Même à neuf ans, il y a des jours où on se sent fatiguée. On aurait le goût de ramper comme un ver de terre ou de rester simplement couchée.

Mais il y a d'autres jours, c'est tout le contraire. On voudrait voler par-dessus les nuages en criant: «Je suis heureuse. Je suis heureuse. Je suis heureuse.»

Vous devinez peut-être qu'aujourd'hui, ça va bien. J'ai le coeur qui chante comme un oiseau.

À la première récréation ce matin, Marcus arrive près de

moi dans la cour d'école en hur-
lant:

— Jenny... Jenny... Viens ici,
Jenny.

Il m'emmène dans un coin
tranquille et il me passe une
feuille de papier devant les yeux
à plusieurs reprises.

— Essaie de deviner ce que
j'ai là-dessus... Essaie de deviner...

Comme c'était le genre de
feuille qu'on utilise pour tous
nos devoirs à l'école, ça ne me
semblait pas la devinette du
siècle.

— Ça ne serait pas un de-
voir, par hasard?

— Oui mais qu'est-ce qu'il a
de particulier, ce devoir-là?

Marcus était tout excité. J'en
ai donc conclu qu'il avait fait

un bon coup pour une fois.

— Tu as eu une bonne note.

— Tu commences à chauffer.

— Tu as été le meilleur?

— Tu brûles, mais ce n'est pas encore ça.

— Euh... Je ne sais plus, moi...

— Regarde. Qu'est-ce que tu vois ici?

Et Marcus m'a montré dans le haut de la feuille un gros A rouge dans un cercle et, tout près, le mot «Bravo».

— J'ai eu un A en français!

— Je l'avais deviné!

— Pas tout à fait! Mais ce que tu ne sais pas, c'est que ce n'est pas le seul.

— Tu n'as pas eu un A en maths en plus!

— J'ai eu trois A, si tu veux
savoir.

— Trois! Et où sont les deux
autres?

Marcus a éclaté de rire.

— Ils sont... à la maison.

60

— Tu te moques de moi.

— Je suis tellement heureux, Jenny. Je pense que je vais t'embrasser.

— Voyons, la Puce, calme-toi! Qu'est-ce qui te prend aujourd'hui?

— Mon père est revenu!

— Ton père est sorti de l'hôpital! Et tu es content comme ça?

J'avoue que je ne comprenais pas. Quand on sait que son père...

— Il est revenu hier et j'ai eu deux autres A.

Je ne comprenais plus rien. Je commençais même à me demander si Marcus n'avait pas pris un petit coup, lui aussi.

— Mon père est devenu AA.

— AA?

— Les AA, c'est un groupe de personnes qui s'aident à ne plus boire.

— Ah oui?

— C'est mon père lui-même qui me l'a expliqué. Il regrette beaucoup ce qui m'est arrivé dans l'accident. À l'hôpital, il a eu le temps de penser à son affaire. Et il a décidé de se faire aider par les AA.

— Il me semble que ça ne se peut pas. C'est trop beau!

— C'est pour ça que je te dis que j'ai trois A aujourd'hui. Un A à l'école, un AA à la maison. Ça fait trois!

J'ai senti des larmes couler sur mes joues. Bien plus que trois!

Marcus a arrêté de rire. Il m'a attrapée avec son gros bras dans le plâtre et il a voulu me donner un baiser.

Je me suis baissé la tête pour l'aider, mais je n'aurais pas dû.

La Puce m'a embrassée sur le nez.

Et la cloche a sonné.

Table des matières

Achevé d'imprimer
sur les presses de Litho Acme Inc.